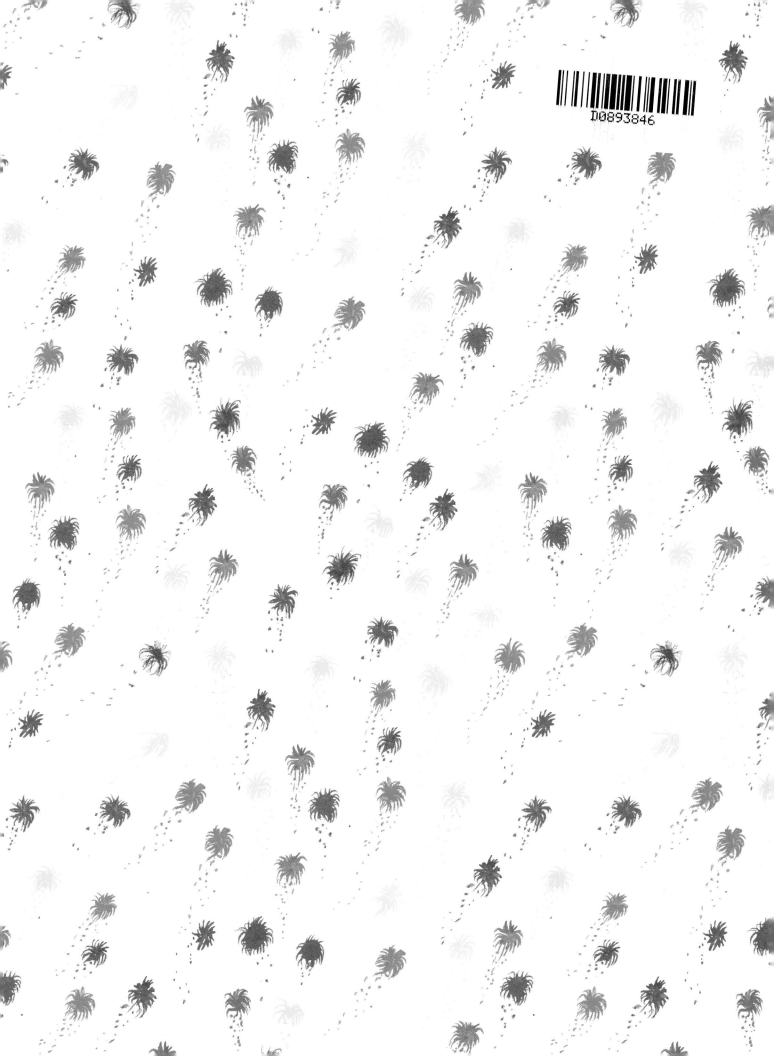

Pour les petites et grandes
sorcières qui distillent
du pétillant dans la vie.

R. G.

© 2018, Albin Michel Jeunesse – 22, rue Huyghens, 75014 Paris – www.albin-michel.fr – Loi n° 49-956 du 16 juillet 1949
sur les publications destinées à la jeunesse – Dépôt légal: premier semestre 2018 – N° d'édition: 22267 – ISBN-13: 978-2-226-32840-3
imprimé en France chez Pollina s.a. - 79587

RuStiNE
sorcière ordinaire

Texte de Delphine Perret

Dessins de Roland Garrigue

Albin Michel Jeunesse

Rustine était une jeune sorcière ordinaire.
Elle avait, comme tout le monde, un chat
à trois têtes, un poisson rouge à barbe
et quelques plantes mange-punitions.

Elle passait son temps à jouer à Shapapapow,
sans grande passion, et bâillait même parfois
en transformant un crapaud en zèbre à plumes.
Parce que, oui, elle s'ennuyait.
L'école du Grand-N'importe-Quoi, les courses
au ZoupaMarket, les interminables batailles
de gadoue bleue le dimanche avec grand-mère,
les parties de bobsleigh sur phoque-à-écailles
avec ses cousines... quel ennui.

Seuls les rodéos de balais sauvages
et les glaces à la langue de têtard
l'intéressaient encore un peu.
— Papa, je m'ennuiiiie...
— Va donc récolter quelques
   chauves-souris-bubble-gum.
— Maman, chai pas quoi faaaaiiiire...
— Fais donc une partie de sardine
   volante avec ta copine.

Rustine avait besoin de nou-veau-té.

Ses parents l'inscrivirent au Centre de loisirs intempestifs. C'est là qu'un mercredi une petite annonce accrocha le regard de Rustine.

Mmm. Il avait pas l'air très futé.

Mais c'était l'adresse qui intriguait Rustine.
Elle n'avait jamais rien vu de tel.
Ici, les adresses étaient plutôt comme ça :

FAMILLE AUX DENTS JAUNES
285, IMPASSE DES PLATANES-ARTHRITIQUES
LA-GROSSE-VILLE-QUI-SENT-LE-BRÛLÉ

Alors bon.
Elle écrivit.
Elle attendit.
Il répondit.

...Et elle découvrit
un univers extraordinaire !

Il y avait quelque part, très loin,
un garçon qui s'appelait Simon
et qui vivait de manière incroyable.

Il vivait sans balai, sans chaudron !
Avec des chiens marron, des vaches qui donnent du lait
et des tomates qui poussent dans la terre. Avec des citrouilles
qui finissent en soupe et des fauteuils sans pattes. Avec des parties
de foot et des bas de pantalon tout crottés.
Des cahiers qui se perdent, des pulls préférés qui se trouent.
Des cascades à vélo, de vrais bobos qui piquent et des vacances
à la mer. Avec des cabanes bricolées qui ne résistent pas
à la première pluie, des gâteaux parfois cramés
de chez mamie.
Rustine dévorait les lettres de Simon.

De son côté, Simon écrivait
que personne chez lui n'arrivait
à croire tout ce que Rustine racontait.
Ah bon ? Chez lui, les canapés
ne galopaient pas dans la maison,
on ne pouvait pas laisser conduire le chat,
personne ne vendait de sirop d'oreille ?

Les maisons étaient différentes.
Les petits déjeuners
ne se ressemblaient pas.
Les jours de pluie, non plus.
Et l'école, encore moins.

D'ailleurs, à l'école, Rustine avait
fait un exposé sur la vie de Simon.
Toute la classe était surexcitée.
Même les chaises avaient applaudi.

On récoltait justement des idées
pour le voyage de fin d'année.
Rustine proposa d'organiser une visite
dans la classe de Simon.
Les vieux sages réfléchirent longuement,
puis acceptèrent. C'était une idée neuve,
qui changeait des sempiternelles excursions
en fusée pour étudier la flore des comètes.

On prépara des petits mots
dans les carnets, des listes
pour bien remplir sa valise,
un bus et quelques sorts
pour le voyage.

Tout se passa sans encombre.

On partagea des connaissances
et des billes.
On rit à la cantine.
On lia des amitiés.

Les camarades de Rustine
trouvèrent cet endroit
très exotique.

On regretta que ce séjour ne puisse
pas durer plus longtemps.
On se fit des adieux à rallonge
en se promettant de se revoir bientôt.

À son retour, Rustine trouva
que tout était moins ordinaire.
La vie avait reprit du souffle,
un peu de fantaisie.
Elle espérait que chez Simon aussi.

Chat à 5 têtes
Simon

GARAGISTE ENSORCELEUR

RÉPARE BALAIS, TOUS MODÈLES. TRAVAIL RAPIDE ET SANS TACHE DE GRAS. FAIT REVENIR LES FAUTEUILS GALOPEURS. TEL: 999FB0844wz052

Recherche

correspondant pour correspondre. Contacter Mademoiselle Espelette Maison tordue, Rue des limaces.

PERDU:

tapoteon à fourrure. grande taille. Yeux bleus. Il s'appelle Chouki. Très gentil sauf quand il est de mauvais poil. Contacter Rustine, 3ème maison rouge allée du goudron mou.

Dernière minute :

Madame Cléa et Monsieur Molette ont célébré leur mariage à la maison des fromages et des festivités. Un des météorites d'artifice a atterri chez l'éleveur de limaces bleues, expliquant la nouvelle teinte de la façade de la maison des livres.